Our Pets

by Sean Finnigan

PIONEER VALLEY EDUCATIONAL PRESS, INC.

I like my turtle.

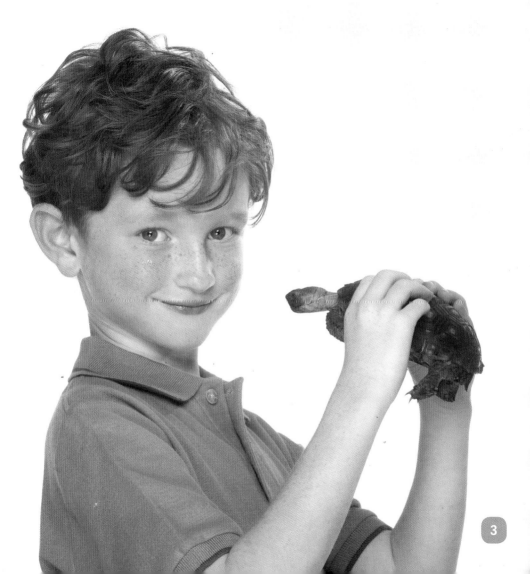

I like my rabbit.

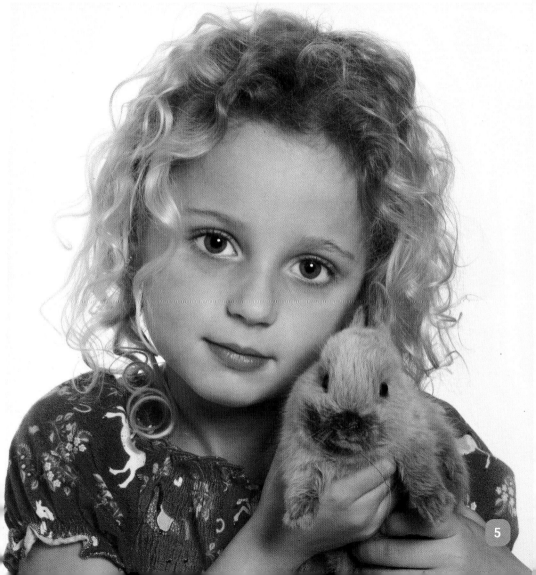
5

I like my parakeet.

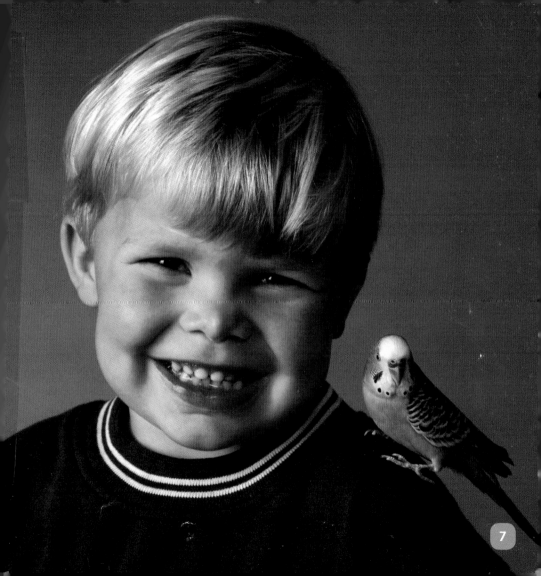

I like my guinea pig.

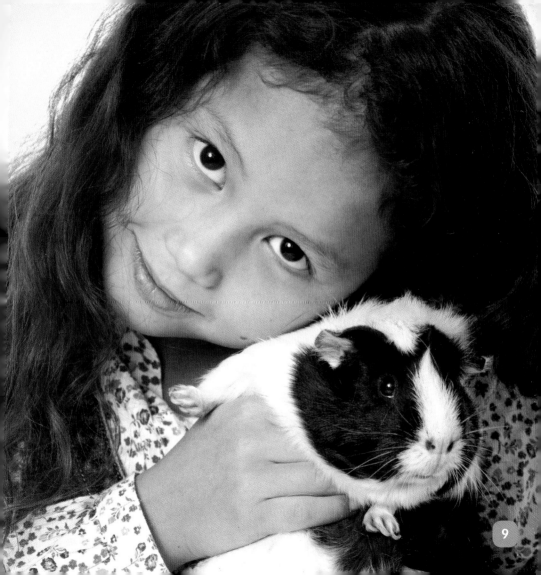

I like my kitten.

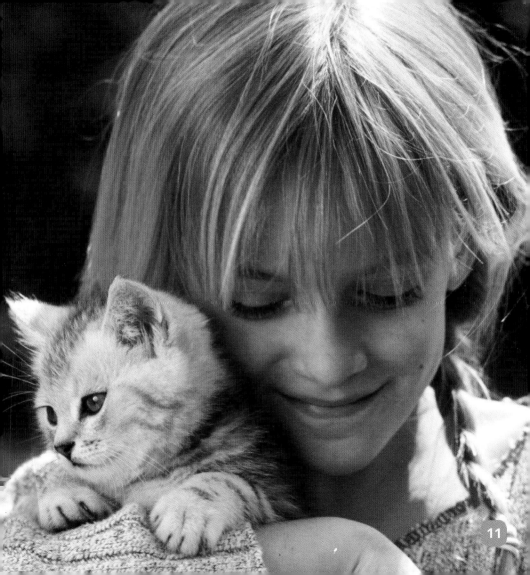

I like my dog.

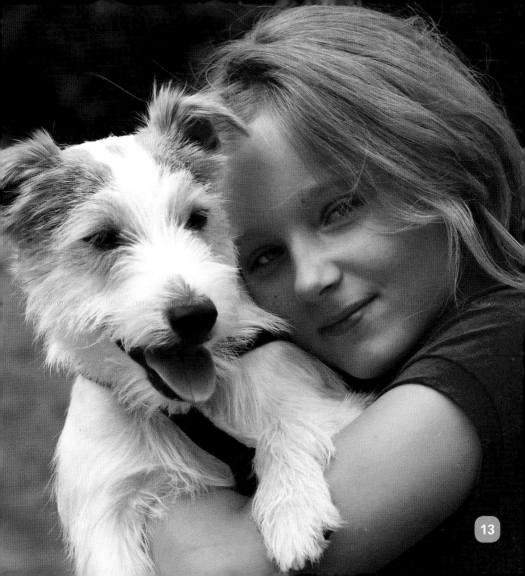

I like my fish.

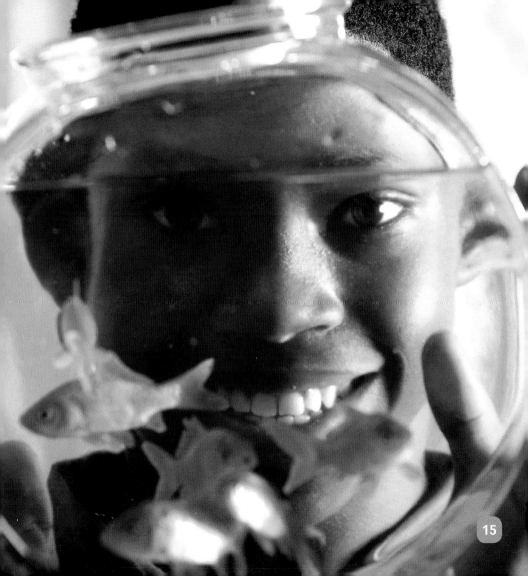

I **love** my goat.

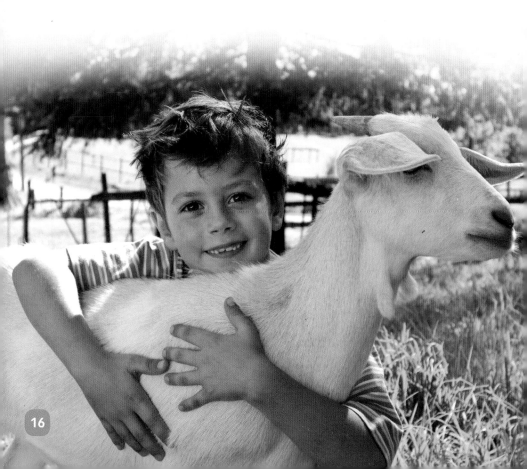